温妮的鬼点子

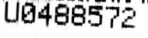

Winnie AND Wilbur
温妮女巫驾到

［英］劳拉·欧文 著 ［英］科奇·保罗 绘

张亮 刘颖 译

中信出版集团 | 北京

图书在版编目（CIP）数据

温妮的鬼点子/（英）劳拉·欧文著；（英）科奇·保罗绘；张亮，刘颖译. -- 北京：中信出版社，2023.5
ISBN 978-7-5217-5447-6

Ⅰ.①温… Ⅱ.①劳… ②科… ③张… ④刘… Ⅲ.①儿童故事－作品集－英国－现代 Ⅳ.①I561.85

中国国家版本馆CIP数据核字（2023）第036390号

Spooky Winnie originally published by Oxford University Press, Great Clarendon Street, Oxford © Oxford University Press 2013
Winnie Goes for Gold originally published by Oxford University Press, Great Clarendon Street, Oxford © Oxford University Press 2012
This adaptation edition is published by arrangement with CITIC Press Corporation for distribution in the mainland of China only and not for export therefrom
Copyright © Oxford University Press (China) Ltd
Simplified Chinese translation copyright © 2023 by CITIC Press Corporation
Oxford is a registered trademark of Oxford University Press
ALL RIGHTS RESERVED

本书仅限中国大陆地区发行销售

温妮的鬼点子

著　者：［英］劳拉·欧文
绘　者：［英］科奇·保罗
译　者：张亮　刘颖
出版发行：中信出版集团股份有限公司
　　　　　（北京市朝阳区东三环北路27号嘉铭中心　邮编　100020）
承　印　者：北京盛通印刷股份有限公司

开　本：880mm×1230mm　1/32　　印　张：6　　字　数：100千字
版　次：2023年5月第1版　　　　　印　次：2023年5月第1次印刷
京权图字：01-2022-4179
书　号：ISBN 978-7-5217-5447-6
定　价：28.00元

出　品　中信儿童书店
图书策划　红披风

策划编辑　谢沐
责任编辑　谢沐
营销编辑　易晓倩　李鑫樟
装帧设计　颂煜文化

版权所有·侵权必究
如有印刷、装订问题，本公司负责调换。
服务热线：400-600-8099
投稿邮箱：author@citicpub.com

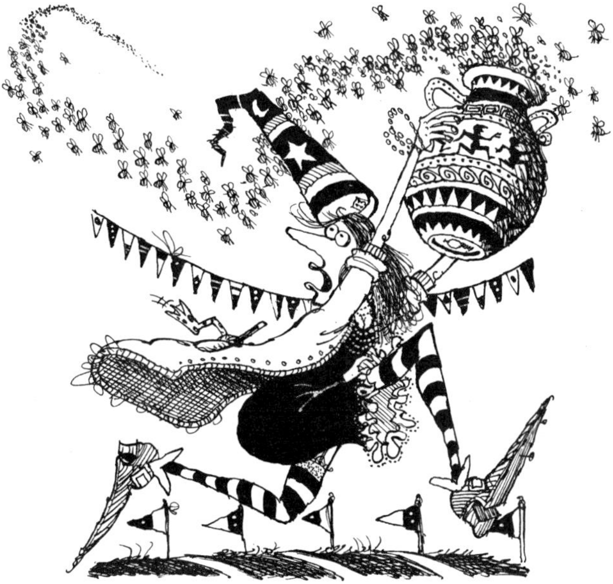

与温妮和威尔伯一起进入魔法世界吧!

温妮

热情、友善、机智,却总是一不小心惹出大麻烦。她喜欢吃各种恶心的食物,比如蠕虫脆片。

威尔伯

温妮的宠物猫,也是温妮最好的朋友。他经常被温妮的奇思妙想吓到,不过,也乐于与温妮一起冒险。

帕尔玛太太

学校秘书,负责处理学校的一些事务。

校长
帕尔玛太太的上司,
特别自以为是。

孩子们
一群学生,在帕尔玛太太
工作的学校里读书。

小宝宝
与温妮偶遇并
共度一日。

巨人杰瑞
温妮的邻居。

目录

温妮的时光机
1

温妮的影子画像
23

惹祸的魔杖

47

温妮的鬼点子

69

温妮的家庭派对
91

温妮的凤凰派对
113

温妮当保姆　137

温妮蜂蜜保卫战　159

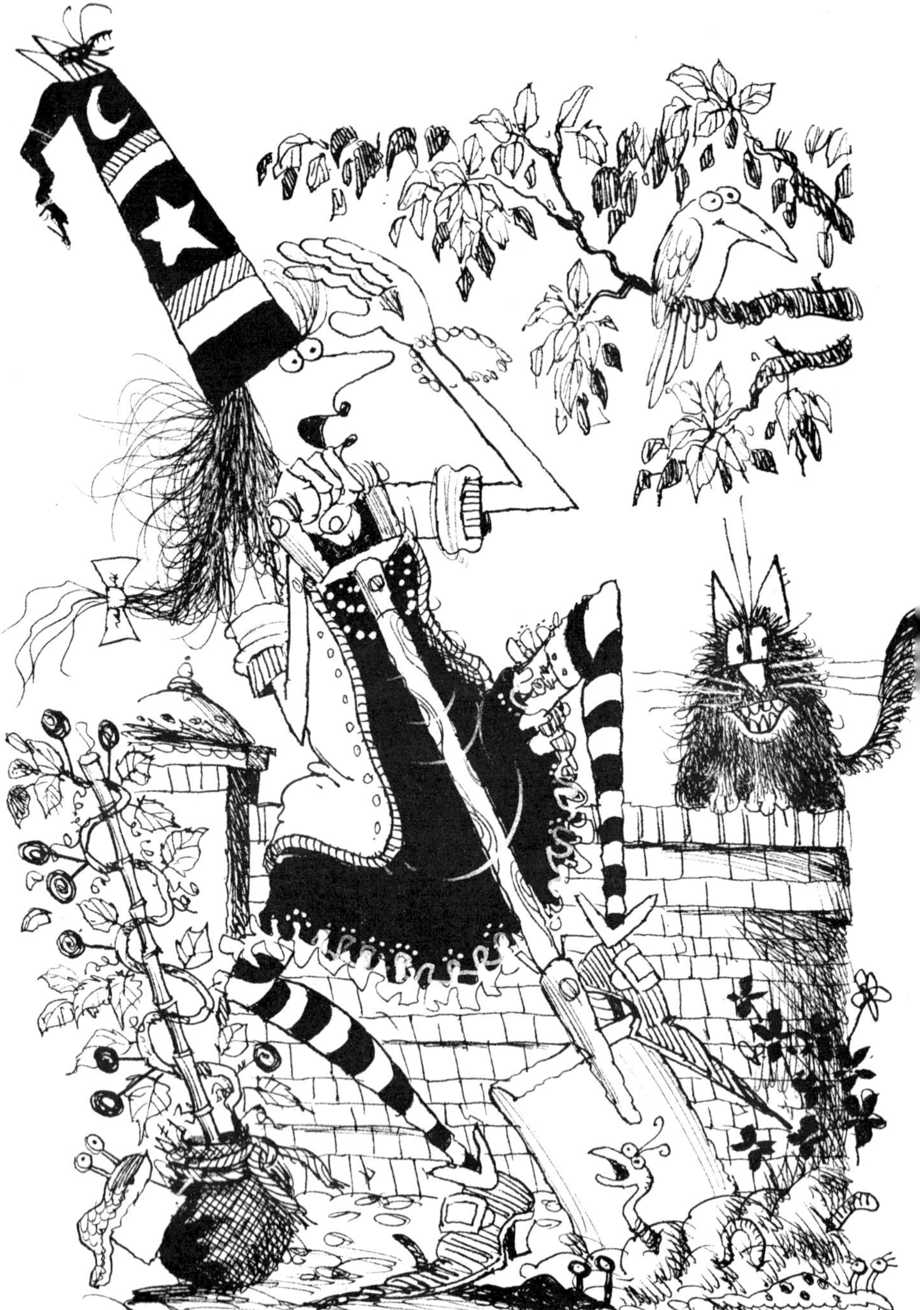

温妮的时光机

温妮看着自己的花园,深深地叹了口气。

"花坛看起来就像胡乱做出来的面条沙拉,边上还冒出了一些鼻涕虫。当然啦,等我再种上一些百合花棒棒糖之后,就会好看很多了。而且一整个夏天我都能吃上新鲜的棒棒糖!那么,种百合花棒棒糖需要哪些东西呢?"

温妮把铲子插在土里,刚要开工,就听见——

噼里啪啦！乒乒乓乓！

还伴随着一连声的大叫："哎呀！糟糕了！"

"是隔壁的杰瑞！"温妮告诉威尔伯，"走，咱们去看看他到底怎么了。"

女巫温妮高高地跃过栅栏，威尔伯跟在她后面，用爪子扒住栅栏爬了过去。他

们打开巨人杰瑞的家门，就看见杰瑞的狗小邋遢被一股满是泡沫的热水哗啦一下冲出了大门。

"你在搞什么？"温妮吓了一跳。

"女士，我的洗衣机好像坏了。"杰瑞有些不好意思地回答道，他的声音听起来是从一堆湿衣服中传出来的，"我刚刚在洗衣服，洗衣机突然发出了砰砰声。我一时找不着我的榔头了，

所以只好用木槌敲了它一下,结果……它就坏了!我已经没有衣服穿了!"

"如果你不介意的话,我可以用我的洗衣机帮你洗。"温妮说。威尔伯觉得这个主意糟透了,他把脸埋进了爪子里。但是,杰瑞十分感激。

"太好了!谢谢你,女士!"

温妮忘了杰瑞的衣服超级大!

"杰瑞的三双湿袜子就塞满了我整个洗衣机,而且还臭死了!"温妮很后悔。喷水——哗啦哗啦,搅拌——哐当哐当,旋转——咕咚咕咚,洗衣机面对巨大的袜子也显得有气无力。"我怎么才能把他剩下的衣服都塞进去洗呢?"温妮傻了眼。

温妮从杰瑞大大的外套口袋里拽出了一样东西。"哦,杰瑞的榔头原来在这儿!难怪他的洗衣机会砰砰直响!"

比洗衣服更累的是晾衣服。威尔伯和温妮使出了吃奶的力气,才把一件巨大的衬衫挂上了晾衣绳。这衬衫有沙发那么大,袖子都拖到了地上。突然——

嘣的一声,绳子断了!

"真倒霉,衣服又脏了!"温妮无比郁闷。"杰瑞!"她扯着嗓子大叫,"你得给我们弄条新的晾衣绳!"

杰瑞将晾衣绳绑在两棵大树的树冠之间。温妮和威尔伯骑着扫帚飞到空中,把他的内裤、袜子、手帕和衬衫搭在绳子上,再用夹子固定住。

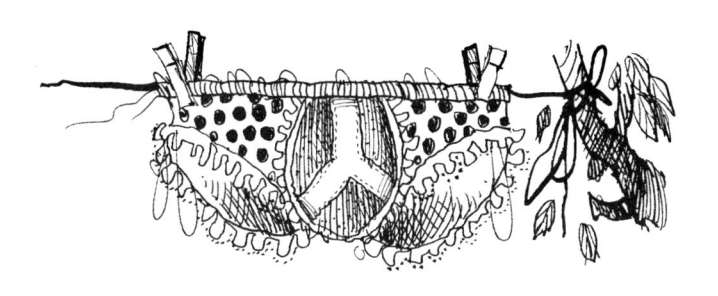

"想不到你的内裤这么花哨！"温妮一脸坏笑。威尔伯也把脸藏在爪子后面偷笑。杰瑞腾的一下脸红得像颗熟透的番茄。"好了！"温妮站在一排衣服前欣赏自己的"杰作"，"大功告成！"

这时，一道闪电划破天际，轰隆隆的雷声在空中滚过。

"不是吧！"温妮叫苦不迭，"别下雨，千万别下雨！"可是她的祈祷并不管用，下雨了，而且越下越大。

"衣服怎么干啊？"温妮急得团团转，"可怜的杰瑞冻得直发抖。他需要衣服，但我的衣服他都穿不下。哪怕他想借一条紫色裙子也不行。"

温妮抖掉头发上的雨水。"说实话，"她掰着手指头细数，"我变出的机器，有能洗衣服的，有能烤煎饼的，还有什么都会的。但我现在真正需要的机器是……"她刚准备说"能烘干衣服的"，就看到威尔伯用爪子指了指时钟。

"喵！"威尔伯提醒温妮，他最喜欢的电视节目《阁楼上的老鼠》就要开始了。但那面钟却给了温妮灵感。

"威尔伯，你简直是个天才！"温妮迫不及待地要把这个灵感付诸实践，"就它了！我们要造台时光机，回到杰瑞搞坏洗衣机之前，那么一切就可以恢复如初了！"

他们把椅子、操纵杆、把手和按键堆到一起。当然，还少不了时钟。

"后退一步!"温妮说完一挥魔杖,
"阿布拉卡达布拉!"

咔嗒——咣啷——咣啷！

"看，这是一座多么神奇、多么壮观的时光机啊！"温妮大声说道。他们把锅扣在头上当头盔，然后就爬进了机器。

"好了,"温妮让大家都做好准备,"我们把时间设置为今天早晨8点。"就在威尔伯设置时钟的时候,突然……

一道闪电划过,所有人都吓得跳了起来。混乱间,威尔伯也不知道自己把时间调到了几点。

隆隆!咣咣!嘎嘎!

温妮他们在时空中飞速穿梭。

"我想、想知道咱、咱们这是要去哪儿,或、或者说回到什么时候。"温妮牢牢抓住座椅,在颠簸的气流中连话都说不利索了。

"女、女士,我、我也不知道!"杰瑞也好不到哪儿去。

砰——机器降落在一处黑漆漆、湿漉漉的山洞里。

"哦——哦——哦!"温妮的声音回荡在洞中,"我们这是在哪儿——哪儿——哪儿呢?"

"喵!"威尔伯指了指洞口处燃烧着的火把。"很细心——心!"温妮的声音和她的回声奇怪地交织在一起,"这里一定有人——一定有人——有人。"

但他们什么人都没看见,除了墙上的一幅画。"住在这儿的人一定养了只猫。"温妮从画上推测道,"还养了只狗。所以他们一定很友好!"

"还有只庞大的动物!"杰瑞从地上捡起几块巨大的骨头说。

咕噜!威尔伯咽了口口水,他伸出一只爪子指了指突然在洞口出现的某个人,或者说某个东西。

"呃,女士,我想此地不宜久留。"杰瑞说,因为出现在洞口的这个人看上去一点儿都不友好。更要命的是,她手里还拿着一支长矛!

"喔——喔喔——喔喔!"这个山洞女人嚷道。就在这时,温妮他们感受到了一阵地动山摇,只见一只毛茸茸的猛犸从他们眼前跑过,后面跟着一大群男人和长相滑稽的猫。

"呃,我们是得回家了。快快快!"温妮紧张地催促杰瑞和威尔伯,"抓牢了!"她挥一挥魔杖:"阿布拉卡达布拉!"

又是一阵飞快的旋转。咔嗒！他们一起降落在温妮家的厨房里。雨还在下着，噼里啪啦地打在窗户上。

"终于安全了！"温妮有种劫后余生的感觉，"但那堆稀里哗啦的东西是什么？"

"骨头！"杰瑞说，"我把它们带回来了。"

"嗯，我倒要看看这是什么动物。"温妮很好奇，她一挥魔杖，"阿布拉卡达布拉！"

这堆骨头拼成了一个非常怪异的身形。

"五条腿，两条尾巴。不对不对！"温妮摇摇头。

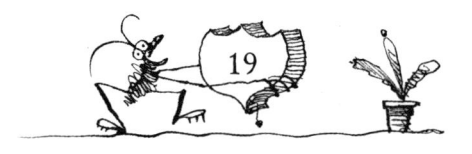

她再次挥动魔杖:"阿布拉卡达布拉!"

"这也不对!"

再试一次。"阿布拉卡达布拉!哦,这是一头巨大的猛犸!"温妮不禁感叹道。

用这副巨大的骨架来晾大号衣服,简直完美!

历险过后,温妮在花坛里种上了百合花棒棒糖。它们在猛犸的骨架上疯长起来,这个骨架绝对是植物最最理想的生长地。

22

温妮的影子画像

一个黑漆漆的夜晚,温妮按了下电灯开关,电灯却丝毫没有反应。

"一定是停电了!"温妮说,"那我们只能先用'威利蜡烛一点亮'了。也不知道什么时候来电。"

温妮和威尔伯都不知道晚饭吃了啥。实际上,在那一缕昏黄的烛光下,他们什么都看不清。

"唉,这顿饭简直是一次美食探秘之旅!"温妮边说边剔着自己的牙齿,"现在咱们做些什么来打发时间呢,威尔伯?"既不能看电视,也没法儿看书。但温妮有其他办法——给威尔伯讲故事。"来吧,给你讲个鬼故事。"

威尔伯连忙竖起耳朵。

"很久很久以前……"温妮开始讲故事了。她投入地举起双臂,只见她那映在墙上的影子变得很大,似乎要朝威尔伯猛扑过去。威尔伯被吓了一跳,全身的毛都立了起来。温妮继续讲道:"很久很久以前,有一所又黑又大的房子,里面到处都是咯吱咯吱和咿咿呀呀的声音,还有老鼠和蜘蛛到处乱窜,就像咱们这儿一样。"温

妮向前探了探身子,轻声说道:"但是,故事里的房子建在一片荒无人烟的树林里,屋外是呼啸的狂风和到处乱飞的蝙蝠。天黑得像水蛭一样,那黑色厚重得仿佛要滴下来。"

威尔伯瑟瑟发抖,他的眼睛瞪得像铜铃一样大。

"在那所房子里，住着一只上了年纪的猫，他叫迪多斯。"

威尔伯转了转眼珠。

温妮继续说道："一天深夜，迪多斯听到了一阵咔嚓——咔嚓——咔嚓的声音。'也许是老鼠在挠地板。'迪多斯心想。过了一会儿，声音再次响起，咔嚓——咔

嚓——咔嚓。这次却不是从地板下面传来的，而是来自他的头顶。'也许是老鼠在天花板上磨爪子吧。'迪多斯安慰自己。没过多久，那声音又来了，就在他身后，听得越来越真切。咔嚓——咔嚓——咔嚓。迪多斯感觉肩膀被拍了一下，他战战兢兢地回过头去，只见……"

"哎！"威尔伯下意识地发出一声嘶叫。

"一个幽灵！那个幽灵开口说道：'迪多斯，不好意思，打扰你了。我的后背痒死了，你能帮我挠挠吗？我够不到后面。'"

"喵！"威尔伯叫了一声。

"确实,"温妮耸耸肩膀,"这真是一个蠢故事。该去睡觉了,咱们上楼去吧!"

楼梯黑乎乎的,让人望而却步。

"哦,太吓人了!"温妮心里直发毛,她试着踩上第一级台阶。烛光在墙上的家族画像上一晃而过,画里的人仿佛都活了过来。他们不怀好意地盯着温妮和威尔伯,嘴巴一开一合,似乎在发出尖笑。"他们是不是很恐怖?"温妮小声问威尔伯。

走完这段楼梯,温妮和威尔伯的膝盖就像是装满了眼球形弹珠的口袋,抖得停不下来。他们飞快地爬上了床。温妮提议说:"咱们明早画些好看的画像挂在楼梯上吧。就画咱俩和咱俩的朋友!"

"咕噜咕噜!"威尔伯连忙点头。

于是，第二天一大早，温妮就翻出了颜料、画纸、画架和所有要用到的东西。她把这些工具往阳光下一放，对威尔伯说："你画我，我画你。"

哗哗哗——唰唰唰!

"呃,威尔伯,好像跟你不太像。"温妮有些不好意思,"你介不介意你的画像有一点点、有一点点现代派的画风?"

"喵!"威尔伯看着自己的画像叫道。

"很难看吗?"温妮问他。然后她瞄了一眼威尔伯刚刚完成的大作,就是一幅猫爪子挠出来的涂鸦。"跟我一点儿都不像……像吗?"温妮说,"原来画画一点儿都不简单嘛!可能我需要……"她伸手够自己的魔杖。

"喵!"威尔伯灵机一动,想到了一个好主意。

35

他举起一只爪子,让温妮站着别动。然后他在温妮身后的空地上放了一张白纸。接着,他用尾巴尖蘸了蘸黑色颜料,照着温妮落在画纸上的影子仔细勾勒出轮廓:从她的鼻尖开始,威尔伯上上下下、左拐右拐,最后终于回到鼻尖把线条连起来,一气呵成!

"哇,威尔伯,这女巫真好看!"温妮说,一脸惊喜。

威尔伯又给画像上了色。

37

"好吧,至少楼梯上能挂上一幅好看的画作了。"温妮心满意足,"现在换我画你了。"

威尔伯摆了个造型,温妮也依葫芦画瓢,在纸上画下他的轮廓。然后她把里面涂黑,除了一对大大的绿色眼睛和一双三角形的蓝色耳朵,还加上了一只粉红色的小鼻子和几根胡须。

"咕噜咕噜!"威尔伯这下满意了。

39

他们叫来了邻居杰瑞和小邋遢。

"还有点儿时间,我们先画杰瑞,再去吃午饭。"温妮正在兴头上,"我们需要一整卷墙纸才能画得下巨人!"

奇怪的是,杰瑞的影子比温妮想象中的要矮小许多。

"哦?"温妮觉得很神奇,"威尔伯,杰瑞并没比你大上许多嘛!"

"是吗?"杰瑞挠了挠脑袋,一脸难以置信的样子,"我怎么比你还小啊,温妮?"

"是啊!"温妮说,"你缩水了!肯定是你自己施了魔法,我都一上午没碰过魔杖啦!"

"所以我变小了,还有了魔法!"杰瑞咧开大嘴,笑了。

41

下午,他们还给帕尔玛太太、一些小孩子和温妮的三个姐妹画了画像。"他们都是我最好的朋友!"温妮十分自豪。奇怪的是,随着太阳渐渐西落,杰瑞的魔法似乎产生了反作用,一些小孩子的影子看上去反而像巨人一样高。总之,每个人都很开心!

　　帕尔玛太太拍拍手。"回去以后,你们可以告诉科学老师,你们都学会了影子的变化规律——早晨和晚上最长,中午最短!"她一边教导着孩子们,一边送他们离开温妮的花园。

43

所以，事实上，杰瑞根本没有把自己变小！他还帮忙将这些画像挂在楼梯的两侧，这只有真正的巨人才能做得到！

"太棒了！"温妮看着这些画，不由得感叹道，"它们看上去简直像穿上芭蕾舞裙的狼蛛一样完美！看着这些画，我每次上楼的时候都会高兴得笑起来。以后就是再停电，点着蜡烛走楼梯也不用害怕啦！"

信件

惹祸的魔杖

温妮看着大厅镜子里的自己直叹气。

"看这一头枯黄没光泽的头发,就跟稻草一样!要不我今天把头发扎起来吧。丸子头如何,还是绾(wǎn)成羊角面包或者甜甜圈的样子呢?威尔伯,你觉得呢?"

威尔伯打了个哈欠。只听扑通一声,投信口里塞进了某样东西,它立刻津津有味地嚼了起来。

"喂!快停下!真是个不听话的家伙!"
温妮一把抢过信封。原来是一张卡片,上面
的字体花里胡哨。

"是女巫电报!"温妮说。卡片散发出
一股臭臭的味道,臭得都快冒泡了。

温妮不大识字，不过幸运的是，女巫电报会自己用女巫的声音读出来。

> **女巫温妮：**
> 现邀请您参加一年一度的
> **女巫拼写比赛**
> 本次大赛将于13日（本周五）
> 在**屁股痒痒大厅**举办。
> 期待回执。

邀请函

"喵?"威尔伯指指"期待回执",表示不理解。

"那是希望回复的意思。"温妮耐心地解释道,"不过我不喜欢拼写比赛,所以还是算啦。"温妮把卡片喂给投信口,伸手到毛衫口袋里摸魔杖,打算写回执,可口袋里却空空如也。裙子口袋和裤子口袋里也没有,哪里都没有。

"我刚刚还看到魔杖了呢!"温妮大叫起来,"没有魔杖来变魔法找到我要变魔法的魔杖,我就变不了魔法来找到魔杖!哦,我的头好疼!"

"喵?"威尔伯伸出一只爪子,指指头顶。

"好主意!"温妮一拍脑袋,"温妮弗莱德姑婆的魔杖应该就在阁楼上的箱子里。我可以借来用用。"

温妮和威尔伯跑上楼梯——咚!咚!转过狭窄的旋转楼梯——叮叮当当!爬上摇摇欲坠的绳梯——唰唰!推开活板门——吱呀!最后,终于爬进了黑暗的小阁楼。他们像两个不速之客,引得阁楼里一片窸窸窣窣。

角落里躺着一只大箱子,不知用了多少年月,旧得都发霉了。

"那是姑婆的箱子!"温妮三步并作两步跑到箱子前。吱呀一声,她打开箱子,将手伸进箱子里乱翻。她似乎摸到了什么,拿到眼前一看——"哎哟!"是温妮弗莱德姑婆最好的内裤。

温妮并不气馁,再次把手伸进箱子里翻找,终于找到——

"姑婆的魔杖!"温妮高兴得跳了起来,"不过,看上去有些过时了。不知道还能不能用。"

这魔杖的确还能用,只是变出来的东西也都是过时的。温妮想让光线更明亮一点儿,好让他们爬下那个摇摇晃晃的绳梯,于是她挥了挥这支老旧的魔杖:"阿布拉卡达布拉!"

他们面前立即摆满了蜡烛，跳动着的火苗把整个阁楼都照亮了。

"它们会把房子都烧了的！呼——"温妮连忙吹灭这些蜡烛，"这支魔杖又老又奇怪。威尔伯，我需要一支现代的魔杖。"

温妮打开电脑，啪嗒！啪嗒！在键盘上敲下"文德尔的神奇魔杖世界"，搜索到最新款"银纹13MXIII"魔杖，毫不犹豫地下了订单。

叮咚！叮咚！

"是门铃。"温妮说着飞快地跑下楼，"女巫快递就是超级快！"她打开门。

"汪妮女士？"快递员问道。

"是温妮，不是汪妮！"温妮没好气地纠正他，"真是的，我看起来哪里像小狗啦！"

"好吧！"快递员说，"你也有一个鼻子和两只眼啊！哈哈！"

"你是不是想让我把你变成一只青蛙？"温妮作势吓唬道。

"呃,"快递员说,"不,女士,别生气,我不该那么说您。您能帮我签个字吗,那个啥啥女士?"

"哇!"温妮从包裹中取出一根细细长长、银光闪闪的魔杖,不由得惊叹道,"威尔伯,快看这些亮闪闪的小按钮!"

温妮试着按下一个按钮,结果魔杖消失了。

"它到哪里去了?"温妮急得团团转。

但是很快温妮就知道魔杖在哪儿了。因为魔杖戳了戳温妮的屁股,甚至还开口说话了。

女士,您想变什么魔法呢?

"让我想想……"温妮舔了舔嘴唇,若有所思,"我想要一个又大又软的巧克力蘑菇,上面蘸上洋葱奶油,并撒上糖渍蚂蚁。"她一挥魔杖:

"阿布拉卡达布拉!"

砰!出现的却不是巧克力蘑菇。

"那可不是个明智的选择。"银纹魔杖解释道,"所以我给您换了个更健康的食品,希望您能喜欢它。"

"一根胡萝卜!你搞没搞错啊,我又不是只臭兔子!"温妮气急败坏地说,"哼!我要把我心爱的旧魔杖变回来!"她又挥了下魔杖:"阿布拉卡达布拉!"

但新魔杖显然更聪明一些。

"女士，请三思。"它小声却坚定地说道，"您不能换掉我。不！能！换！"

"但我根本不想要你！"温妮气得把魔杖丢出去老远，没想到它转了个圈儿又飞回来了。

温妮一把将银纹魔杖塞进抽屉里,再砰的一声用力关上抽屉。魔杖却把抽屉撞开,直直地朝温妮飞过去。

"您不能扔下我,女士!"魔杖大喊大叫,"别走,别走!"

"走开!"温妮赶紧躲闪。

"咝咝!"威尔伯跟着叫道。

"快跑!"温妮对威尔伯说。

温妮和威尔伯从屋子里跑出来,狠狠地关上了门。她在花园里停下来。"我们现在该怎么办?"温妮跑得上气不接下气,她绝望地抱住头,"要是有……"突然,温妮在自己乱糟糟的头发中摸到了一根又细又长又硬的东西!"哦,是我的旧魔杖!"温妮惊喜地叫了起来。她一把抽出魔杖,弄得头发披散了下来。"幸好它还在!"

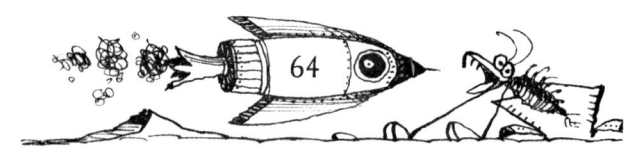

就在此时，啪啦！温妮家的房门被猛地撞开了，银纹魔杖快速地向他们飞过来。

"救命啊！"温妮牢牢握住自己心爱的旧魔杖，就像握着一把剑。

噼里啪啦！两根魔杖碰撞在一起，火星四溅。巨大的冲击之下，旧魔杖似乎被震掉了一些细小的碎片，接着爆发出一阵震耳欲聋的叫喊声。

"喵！"威尔伯从房子里冲出来，嘴里叼着温妮弗莱德姑婆的魔杖。这下可好，三根魔杖陷入了混战，直到——咔嚓！其中一根掉在了地上。温妮紧张地从手指缝中往外瞧，是那根银纹魔杖断成了两截。它再也不能咝咝作响了，更不会絮絮叨叨地废话了。

"啊!"温妮长舒了一口气,"我要给那根银纹魔杖布置个更好的任务,它绝对不会有意见!"

"喵呜!"看着温妮将断成两截的银纹魔杖交叉着盘在头发上,威尔伯开心地笑了。

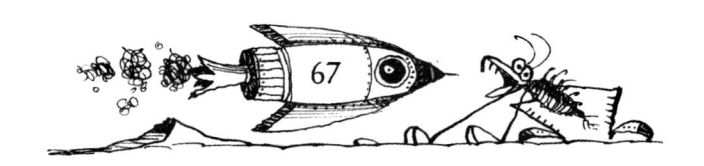

68

温妮的鬼点子

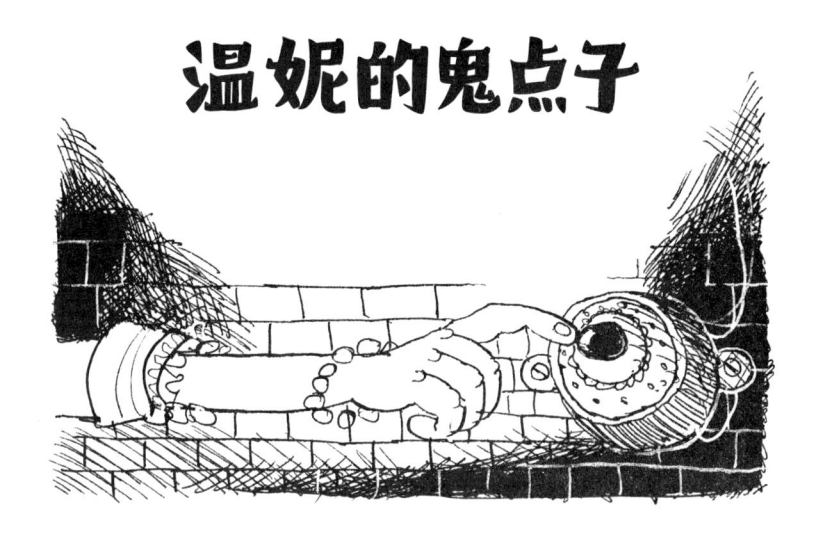

十月末的一天早晨,帕尔玛太太来到温妮家。

"温妮——"尖叫门铃大叫一声。

"我有样东西要给你。"帕尔玛太太把一个信封交到温妮的手中,"我和孩子们都觉得它应该很适合你。"

"什么适合我?"温妮好奇地问道。但帕尔玛太太已经急匆匆地离开了。

"喵?"威尔伯也很好奇。

"我也不知道呢。"温妮说,"我们拆开看看吧!"

温妮抽出一张卡片,上面写着:

> 充满蜘蛛、咒语和幽灵的
> **精彩纷呈**
>
> **万圣节派对**
>
> 将于今晚在校园内举行
>
> **请**
>
> 穿上奇装异服,并带上装饰品和食物

温妮并不认得所有的字,但孩子们画在卡片上的画还是通俗易懂的。

"太棒了，威尔伯！是万圣节派对！我们得快些准备，马上天就要黑了！"

"我们要做些装饰品。"温妮说。于是她抽出魔杖，大力一挥："阿布拉卡达布拉！"

一群扇动着翅膀的蝙蝠立刻出现在房间里。它们排成一队，伸开小小的爪子，小腿有节奏地踢蹬起来，跳起了吉格舞。好一条蝙蝠彩旗！

"要是把它们挂在学校大厅，一定很好看！"温妮心里美滋滋的，"特别是它们还会时不时地拍拍翅膀、吱吱叫两声。我还需要几只蜘蛛织出一些吓人的蜘蛛网，再撒上小亮片,看起来美极了!"为了抓蜘蛛,温妮一会儿伸手去够碗橱顶,一会儿蹲下来看椅子底下,一会儿又在地板缝里摸索。

"呵呵,痒死了!"温妮说,"现在我们再来做些万圣节食物吧!"

温妮和威尔伯照着菜谱，从食品柜、花园和垃圾桶里收集了食材。他们又切又削，又炸又煎，又煮又烤，忙得不亦乐乎。最后，他们成功制作出了魔鬼小黄瓜这道菜，只不过小黄瓜上淋的是雨水，撒的粉是灰尘。

吸溜！威尔伯馋得直流口水。

温妮——

"看上去就很好吃,是吧?"温妮非常有成就感。

屋外天已经黑了。今晚的月光亮堂堂的,星星也一闪一闪地发出璀璨的光芒。

"一个完美的万圣节!"温妮说道。

"温妮——"尖叫门铃再次响起来。

"会是谁呢?"温妮心想。

"哦,我应该说'是什么',而不是'是谁'!"温妮说道,因为站在门口的是扮成魔鬼和鬼怪的两个小孩子。

"不给糖果就捣蛋!"他们异口同声地冲温妮叫道,同时伸出一个南瓜桶,里面已经装了一半的糖果。

"我能自己选吗？哈，太棒了！"温妮说，"呃……我选捣蛋，谢谢。"说着，她一挥魔杖，指着小魔鬼和小鬼怪大喊："阿布拉卡达布拉！"

门口立刻出现了两只小癞蛤蟆。"好玩吧?"温妮高兴得直拍手。

"呱呱!呱呱!"前一秒还是魔鬼和鬼怪,下一秒就都变成了癞蛤蟆,眼泪沿着它们那绿色的长满疙瘩的脸颊流了下来。

"哦,亲爱的!"温妮也觉得不妙,"是不是你们不喜欢这个?那我再变个别的?"

"喵。"威尔伯在温妮耳边小声地解释。

"真的吗?"温妮很吃惊,"你确定?他们是想给我捣蛋?那他们不想变成癞蛤蟆参加派对吗?"

"喵!"威尔伯直摇头。

"好吧,那就变回原样吧!看我的!"温妮又一挥魔杖,"**阿布拉卡达布拉!**"

小魔鬼和小鬼怪终于回来了,他们撒

腿就跑，要多快有多快。

"看到没？"温妮摊开双手表示无奈，"他们根本不想给我捣蛋。现在我来想想万圣节穿什么呢？得看上去很吓人，而且还要和你的气质搭起来。你得和我一起去。威尔伯，你有什么主意吗？"

温妮去翻她的衣橱。"有人说我像只疯

疯癫癫的蝙蝠。"温妮一边找,一边自言自语,"要不我就穿蝙蝠衣吧。"

蝙蝠衣又小又紧。"这衣服真小,我被挤得就像牙膏管子里的牙膏一样,难受死了!这不好!"

于是,温妮和威尔伯套上了两条床单,

假装自己是幽灵。

扑通一声,他们摔了个跟头。"我什么都看不见了。"温妮的手四处乱挥,"什么都看不见,怎么从盘子里拿吃的!做幽灵一点儿都不好玩!"他们又扔掉了床单。

"假如有种吓人的打扮,适合女巫和黑猫,那该多好啊!"

"喵?"威尔伯想到了一个点子,他拿

起一卷卫生纸。

"埃及木乃伊!"温妮恍然大悟,"好主意!威尔伯,帮我缠起来!"

威尔伯将卫生纸一圈一圈地绕在温妮身上。

"啊,威尔伯!"温妮闷闷的声音从卫生纸下传来,"我动不了了!"

于是威尔伯拉开卷纸,温妮便像陀螺

一样旋转起来。"天哪,我该怎么办啊!"温妮现在头晕眼花。

"温妮——"她的尖叫门铃又响起来。

这次站在门口的是扮成骷髅和鬼魂的两个小不点儿。

"砰!"小鬼魂作势吓了一下温妮。

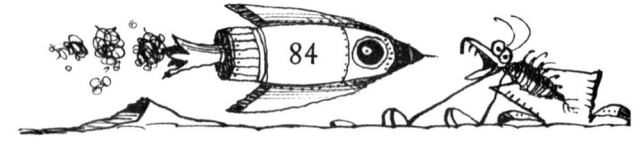

"砰什么?"温妮不解地问道。

"别吓哭了!"小鬼魂说。

"真有意思!"温妮笑出声来,"你们要去派对吗?我能跟你们一起去吗?"

最后,温妮和威尔伯还是与平常一样的打扮,带上食物和装饰品去学校参加万圣节派对了。

"进来,进来吧!"他们到了学校,看到帕尔玛太太打扮得像个南瓜;"来和我们一起玩吧。"

派对准备了有趣的游戏:咬苹果和扫帚棍上钉只猫。

"喵!"威尔伯叫道。

大家在骷髅乐队的演奏中欢快地跳舞。

"别停下,帕尔玛太太!"温妮激动地说,"你一停下来,我的蜘蛛就会结网!所以你得不停地跳舞,它们才不会落在你身上。"

于是,帕尔玛太太也加入了跳舞的人群中。温妮和威尔伯玩疯了。

这真是一次既难忘又吓人又快乐的万圣节派对。派对的最后，校长为最佳服装颁了奖。里面有最佳南瓜、最佳鬼魂、最佳幽灵、最佳骷髅和最佳女巫等奖项。

"你的打扮很用心。"校长告诉温妮，"只可惜没比过这个小女巫。"校长把最佳女巫奖颁给了一个扮成女巫的小孩子。

"哼！"温妮有些不服气。

不过，她发现她的魔鬼小黄瓜根本没人碰。于是，温妮和威尔伯在回家的路上一边大口嚼着小黄瓜，一边欣赏路人各种稀奇古怪的打扮，开开心心地回家了。

90

温妮的
家庭派对

深夜,温妮从香甜的睡梦中醒来,她攥紧了她破旧的怪毯子,侧耳倾听着黑暗里是什么吵醒了她。

一片静默……

连威尔伯的呼吸声和轻轻的鼾声也消失了。

"威尔伯?"温妮抓起了她的魔杖,"阿布拉卡达布拉!"

唰!魔杖的末端亮起来,像个手电筒,

这束小小的亮光划过房间。温妮穿上鞋，披上睡袍，一个人沿着黑暗的走廊走了出去。温妮觉得非常孤单，特别是在这么大的房子里，只有她一个人。

"威尔伯？"

温妮推开一扇又一扇门，但是空荡荡的房子里，回答她的只有她自己的回声。

"你在哪里?"温妮问。

"你在哪里?"回音重复着。

"我在这里。你这个笨蛋!"温妮又说。

"我在这里。你这个笨蛋!"回音回答。

哐啷!

什么声音?

温妮冲下楼梯,来到厨房,用她的魔杖手电筒一照……

"威尔伯,你在这儿干吗?"

"喵呜。"威尔伯舔舔嘴唇。

"见鬼了,威尔伯!你煮这么多吃的干吗?我们俩一个星期都吃不完!"温妮说着,突然眼睛一亮,"对了,我有个主意!"

"喵?"

"我们来开个家庭派对吧!"

"喵呜!"威尔伯眉开眼笑。

"不是那种为了房子开的派对!那种不好玩,就像蜗牛跳木屐舞一样傻。我们是为了房子里的人而开的派对。我们有很多空房间和吃不完的食物,为什么不开一个大派对?和朋友们聊得热火朝天不比只有猫叫和回声好吗?"

"喵!"威尔伯对温妮的这句话皱了皱眉头。

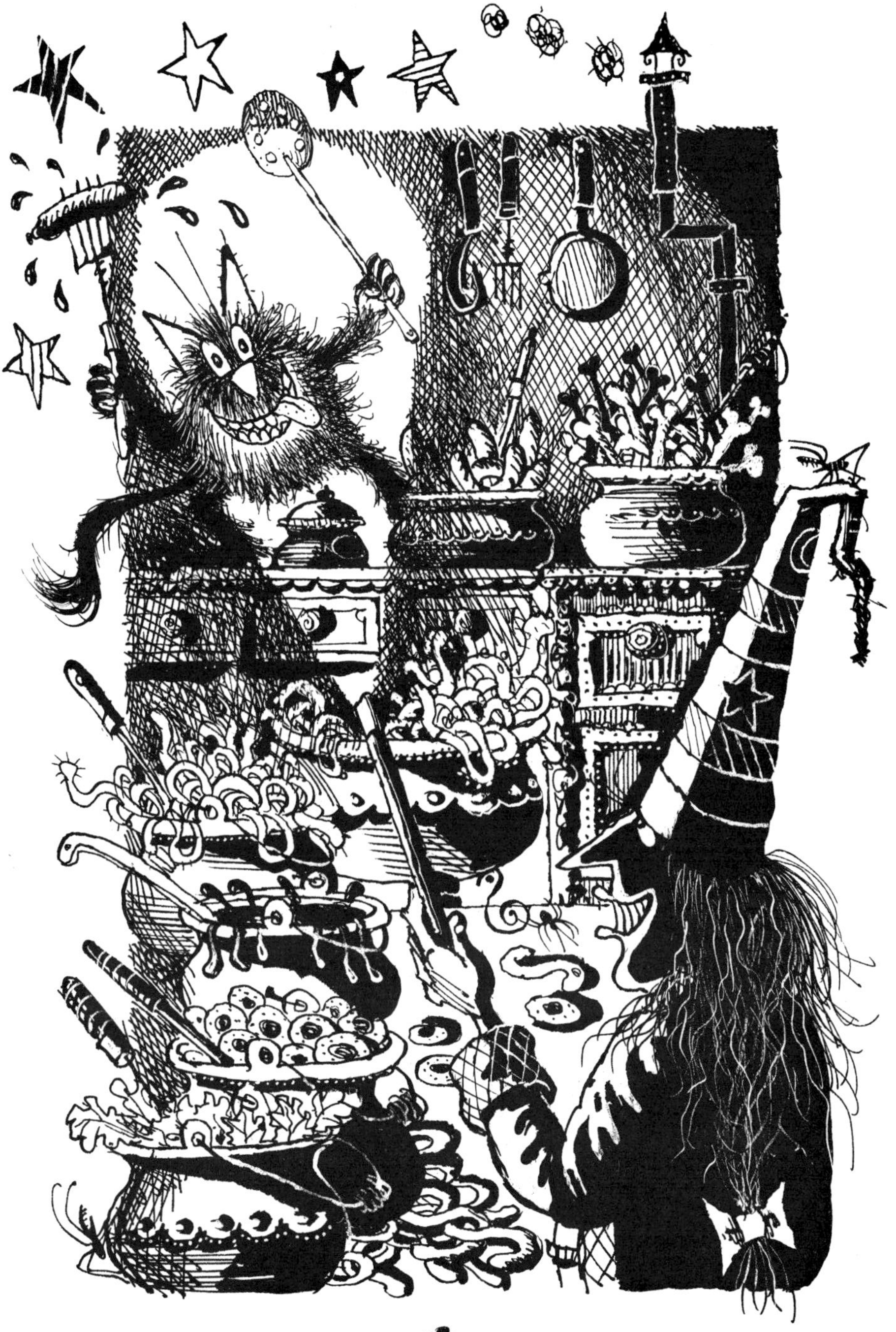

于是，温妮开始在房子里转来转去，施魔法为宾客们准备房间。

"阿布拉卡达布拉！"

蜘蛛网窗帘出现了！

"阿布拉卡达布拉！"

胖胖的蟾蜍垫子、插满蓟（jì）草的花瓶、鼻涕虫黏液肥皂，以及其他一些日用品都立刻出现在应该出现的地方。

"我们的客人会感觉很舒服，就像住在蚁巢里的幸福小白蚁一样。"温妮说。

"阿布拉卡达布拉!"温妮给自己也换上了一身参加派对的晚装,"现在我们要来计划一下。"

"喵?"

"就是列个清单,把我们要做的事按照时间顺序列出来。"温妮说,"威尔伯,来,我说你写。"

派对时间表

上午
8:00 客人到达,带他们去各自的房间
9:00 早餐
10:00 在花园里玩捉迷藏

下午
1:00 户外午餐
2:00 电动棒球游戏

晚上
6:00 晚餐
7:00 看电影《星星上的女巫》
8:00 睡觉

"好,粘这儿!"温妮把派对时间表粘在冰箱上。她的女巫手表已经指着八点了。"客人们在哪儿呢?"温妮突然想起来,"噢,天哪,我还没有邀请他们呢!"

温妮开始打电话给她的姐妹威尔玛、万达和温迪，还有她的欧文舅舅、爱丽丝姨妈和卡斯伯特表哥。她邀请他们来参加自己的派对，所有人都回复"好的"，一句客气话也没有。温妮觉得他们有点儿粗鲁。接着，他们都问能不能带朋友一起来，温妮觉得这种问法更粗鲁，但她还是回答："啊，当然可以。"

叮咚！客人们都来了。

"来见见卡罗尔。"欧文舅舅说。

"我来给你介绍，这是赞恩、斯蒂格和方。"卡斯伯特表哥给温妮介绍自己带来的朋友。

"这是克莱蒙斯。"爱丽丝姨妈说，"但我不想和她住一个房间。"

幸好，温妮的房子足够大，每人都可以独享一个房间，但还是有人不满意。"我要住海景房。"威尔玛说。

"但是，我们离海远着呢！"温妮瞠目结舌。

"哼！"威尔玛走了。

"我们有双层床吗？"卡斯伯特问。

"枕头疙疙瘩瘩的，一点儿也不松软！"卡罗尔抱怨道。

"噢，看在老天的分儿上，我们吃早餐吧。"温妮说。

可是,早餐时,客人们抱怨得更起劲儿了。卡斯伯特说:"你知道我们为什么管早餐(breakfast)叫早餐吗?"

"为什么?"温妮问。

"因为吃早餐就是要飞快地(fast)把东西搞碎(break)。"他说。接着,他拿起面前的超新星碗扔到地板上,哐!

顿时,哐啷!砰!啪!温妮的客人进入了一种疯狂破坏的状态,开始打砸她的一切东西。

"快到花园来！"温妮说。但是她的客人们已经着了魔，根本停不下来。啪！嚓！乒零！乓啷！他们一个个用魔杖施展魔法，搞得到处都是魔法，温妮不停地闪躲。"喂，我们要玩捉迷藏啦，派对时间表上写着呢！"

"我来、我来、我来找你们！"温迪说，"大家都藏好了啊，我数到一百。一只痒痒蚤，两只痒痒蚤，三只……"

温妮的客人们有的躲在这儿，有的躲在那儿……他们躲在各个地方。

温妮钻进臭烘烘的肥堆里，里面全是落叶和腐烂植物。这堆烂叶子堆的时间久了，又松又软，里面暖烘烘的，落满了嗡嗡乱叫的苍蝇。

"这里真棒！"温妮说。她安安静静地沉浸在这臭烘烘的暖意中。

105

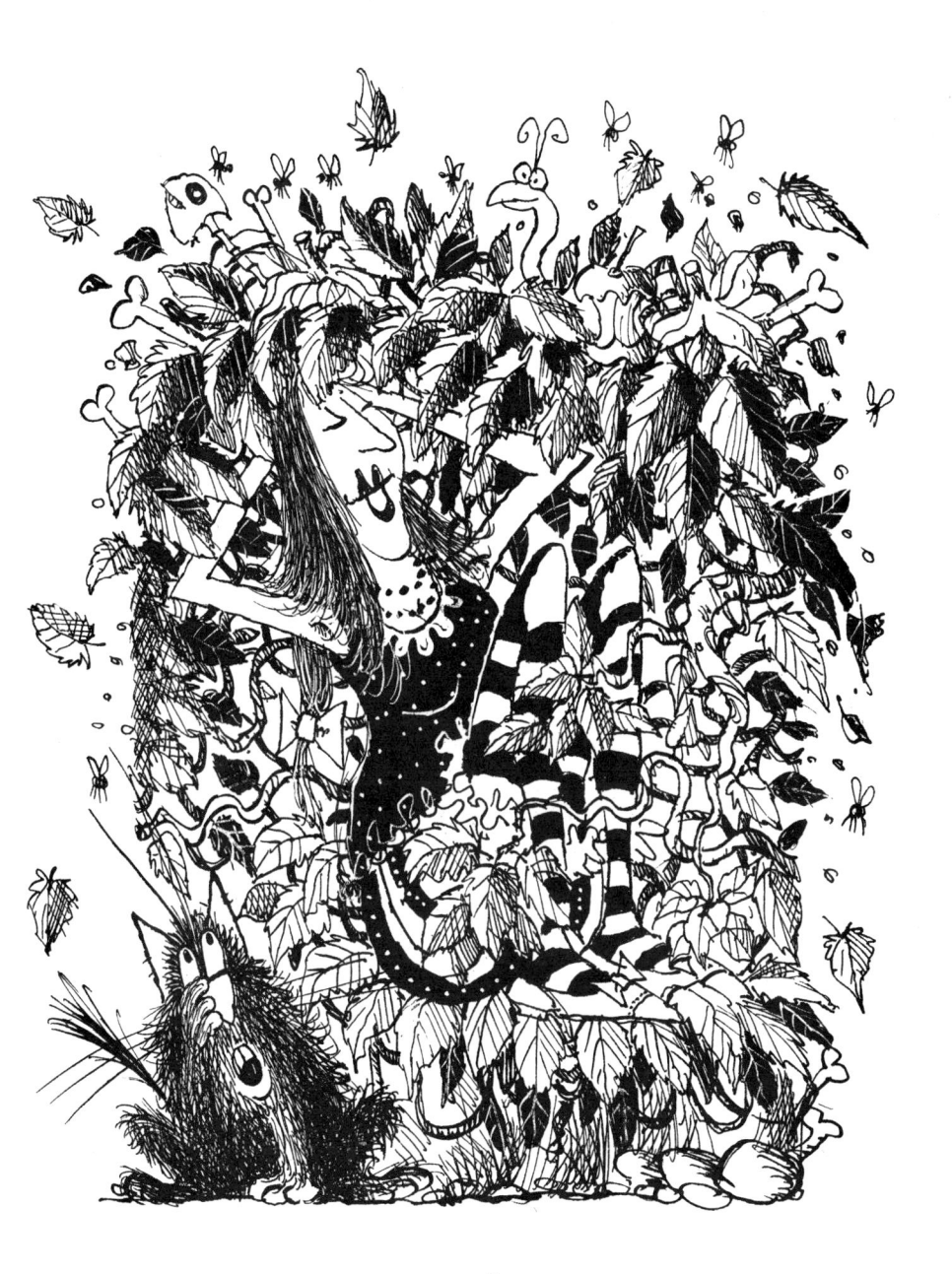

随着她的女巫手表嘀嗒嘀嗒地响,时间一分一秒地过去,温妮听到了一阵阵的说笑声。"哈,所有藏起来的人都被找到了,除了我!"她得意地想,"我真聪明!"

"嗨!"温妮跳出来大喊一声,周围立刻安静了。她从肥堆里钻出来,一脚就踩到了……客人们搞破坏时砸坏的碎片堆上!

大家瞪着浑身往下滴泥水的温妮,刚要爆发出一阵大笑,只见温妮双手叉腰。

"你们太过分了!"她叫道。

大家都像被突然冻住了一样,不吭声了。

"我不欢迎你们了,都给我回家去吧,现在就走!"温妮气得开始赶人了。

"但是派对时间表上不是说还有午餐,还要看电影吗?还有……"爱丽丝姨妈嗫嚅道。

温妮犹豫了,要是大家都不肯走,那怎么办?就在这时……

砰，砰，砰！

温妮回头看到杰瑞正走进她的花园。于是，她接着对客人们说："好吧，如果你们不肯回家，我就让我的大哥哥来对付你们。"

"什么大哥哥？"温妮的客人们都很好奇，特别是她的姐妹们。

"看，这就是我的大哥哥杰瑞！"温妮指着杰瑞说，"他来了！"

砰，砰！

"能借一杯糖给我吗，女士？"杰瑞问道。

"看，他个子很大吧，是不是？"温妮说。

温妮的客人们齐齐倒吸了口凉气，纷纷拿起自己的包，跌跌撞撞地冲出温妮家，逃走了。

"谢谢你,杰瑞!要不要留下来,和我们一起喝杯茶?"温妮很感谢杰瑞。

和杰瑞、小邋遢、威尔伯一起喝着茶,咔嚓咔嚓地吃着小点心,聊聊天,打两个嗝。没有派对时间表,也没有漫天飞舞的魔法,这样的日子真是太美好了。

当杰瑞和小邋遢回家后,温妮泡了一个新鲜蛙卵泡泡澡,然后和威尔伯一起爬上了他们的床,空荡荡的房子又恢复了平静。

"晚安,亲爱的。"温妮说。

"晚安,亲爱的。"回音重复道。

"咕噜咕噜!"威尔伯发出满意的叫声。

嗯,相依为伴就已足够。

112

温妮的
凤凰派对

唰——唰——唰——

一个灌木怪走过温妮的花园,它浑身长满叶子、披着黑头发、长着长鼻子,下面还有两根奇怪的条纹杆子,一路发出沙沙的响声。

"啾!"一只漂亮的小鸟被吓飞了。

"喵!"一只猫飞扑过来!

啾啾啾啾!噼里啪啦!啪!

"威尔伯,你这个坏猫!"这个灌木怪

伸出一根树枝指了指威尔伯,"你怎么能把虫子杀手给吃了呢?它长得这么漂亮,又有像喷泉一样的尾巴,多可爱的斑点鸟呀!"

"喵!"威尔伯低下头看看自己的爪子。

"嗯……"灌木怪想了一下,"好吧,我会在你够不着的高处做一个小鸟食盘,这样,小鸟们就安全了!"灌木怪挥动树枝魔杖:"**阿布拉卡达布拉!**"

瞬间,一根高高的、油腻腻的杆子顶端出现了一个大大的鸟食盘。

灌木怪温妮对威尔伯说:"来,试着爬爬看。"

威尔伯吭哧吭哧往上爬,边爬边往下滑溜,啪唧一下摔在了地上。

"嘿嘿!"温妮乐了,"现在全世界的鸟儿都能来我的花园啦,再也不会被猫扑了。"

115

回到屋子里,温妮从架子上找出一本发黄的、又旧又脆、布满霉斑的老书。这是她的曾祖母威廉敏娜的《鸟类大图鉴》。她在喷泉尾的虫子杀手鸟旁打了个钩。

"现在我就等着其他鸟儿飞来了。我得在鸟食盘里加满食物才行。"

温妮和威尔伯在鸟食盘里撒满了小粒

的种子、蚂蚁脚脖子和黄蜂的肉赘，然后他们俩躲了起来。很快，扑啦扑啦，鹪鹩（jiāoliáo）飞来了，它在鸟食盘上单脚蹦蹦跳跳；胖乎乎的小麻雀也飞来了，它的羽毛蓬蓬松松的。温妮在她的《鸟类大图鉴》上打了很多钩。

好多鸟儿呀！她不停地打钩，打钩，再打钩！

"我们需要不同的鸟食来吸引不同的鸟儿。"温妮说。她和威尔伯扛上铁锹挖了很多新鲜的、还在不停扭来扭去的软虫子,还有爬得慢吞吞的蜗牛和呆头呆脑的甲虫。

"哦?好吃!"温妮高兴地尝了尝,"幸运的小鸟们,有好吃的啦!"接着,扑啦扑啦,飞来了鸽子、野鸡、黑鸟和鸦鸟。温妮又在她的《鸟类大图鉴》上打了好多钩。

接下来,温妮又在鸟食盘里放上了小动物尸体、用蛇做的蛋糕和辣椒饼干。

扑通!一只老鹰重重地落在鸟食盘上。接着又来了尖叫的猫头鹰、秃鹰,它们都拍打着双翅降落了。

"当心!"温妮叫道。一只巨大的、神气活现的鸵鸟冲过来,猛地撞到鸟食盘上,大口地吞咽着从鸟食盘里掉到地上的食物。

打钩,打钩,温妮一边打着钩,一边说:"啊,我几乎给它们都打上钩了。咦,除了渡渡鸟。为什么我没看见渡渡鸟呢?"

温妮举着她的大铅笔等着打钩,但是时间一点一点地过去,嘀嗒嘀嗒……嘀嗒嘀嗒……渡渡鸟没有来。

"也许渡渡鸟要吃一些特别的食物。"于是他们又在鸟食盘上放了些其他食物,甚至还在鸟食盘旁边摆上了刀叉。一群又一群的鸟儿飞过来了——咯咯、唧唧、咔啦咔啦、叽叽、咕咕、嘎嘎!——但还是没有渡渡鸟。

天黑了,气温也降了下来。

"太奇怪了!"温妮无奈地说,"我们回屋里吧,我来做点儿鼠尾草香肠吃。"

温妮回到屋里,打开电灯、电热器、烤炉,还有电视机。一个女人的声音响起来:"当然,渡渡鸟已经灭绝了……"

"渡渡鸟很臭①?"温妮兴奋极了,"太好了!我就喜欢臭鸟!"

---

① 英文中 extinct(灭绝)和 stink(臭)两个词发音相近,所以温妮搞混了。——译者注

但是接着,电视中的女人继续说道:"最后一只渡渡鸟在三百年前就被人类抓获并且吃掉了。现在它们永远地消失了。"

"啊,不!"温妮说,"可怜的渡渡鸟!一定是淘气的猫咪把它们全吃光了!"

"是人类杀死了渡渡鸟。"电视中的女人说。

"人类！"温妮大吃一惊。

电视中的女人仍在说个不停："我们不停地砍伐森林做燃料，导致其他一些鸟儿等动物也逐渐灭绝。我们必须减少使用燃料，来拯救我们可爱的……"

温妮跳了起来："关掉所有需要使用能源的设备，威尔伯！"

啪！电视关了。咔啦！炉火灭了。啪！电灯关了。

"喵！"威尔伯叫了起来，黑暗中温妮踩到了他的尾巴。

"我们要为那些可爱的鸟儿和其他动物们保护好地球。"温妮说。

嘚嘚嘚！真冷！现在上床早了点儿，可是屋子里又冷又黑，而且没有烤炉，他们也做不了鼠尾草香肠。

砰！他们奔上楼跳上了床。但是温妮翻来覆去睡不着，肚子饿得咕咕直叫。突然，她坐起身来："我现在有一个绝妙的主意可以拯救渡渡鸟！快来，威尔伯！"

他们摸黑来到花园,银色的月光把花园照得亮亮的。

"我们得先发明一些东西。"他们找来很多材料:旧轮子、椅子、齿轮、铁链子,还有电线、管道、自行车踏板、厚木板和旧钟表。

"往后站！"温妮对威尔伯叫道，然后她挥舞魔杖，"阿布拉卡达布拉！"

哐啷！一股强大的魔力袭来，瞬间所有的材料都被组合到一起。

"喵？"威尔伯没有看明白这是一个什么东西。

"这是一个无污染的发电机！"温妮回答，"上来，我们一起来踩，让它转起来！"

叮当！机器启动了。唰！发电机上闪烁的指示灯把黑乎乎的屋子照亮了。

"太棒了！"温妮很高兴，可是转而一想，又叹了口气，"真见鬼！我怎么能在厨房里做鼠尾草香肠的同时，又跑到外面去踩发电机让炉子热起来呢？啊，我可怜的腿会累得比湿答答的意大利面条更软的！不行，我无法做到……哦！"

129

突然间,整个花园居然被一种闪烁、灼热的光芒照亮了!"哇!"温妮惊奇地环顾四周。

"喵!"威尔伯指了指。只见一只有着橙红色艳丽尾羽的鸟儿从空中降落下来。

"天哪,这是鸟中之王——凤凰!"温妮说,"它一定是被鸟食盘里的辣椒饼干吸引过来的!"

温妮和威尔伯从发电机上下来,站在那里惊奇地看着这只巨大的、闪着光的鸟儿落在高高的鸟食盘上。它像一支光芒四射的大火炬,不但照亮了鸟食盘,而且照亮了整个花园。

"美丽又温暖!"温妮赞叹道。

131

村子里的人也看到这光芒了。

"有篝火晚会!"

孩子们一个个从床上爬了起来,大人们也都关了灯、电视机和收音机,一起来到温妮家。

"哇！"美丽的凤凰让每个人都惊叹不已。接着，凤凰开始唱歌。这是一支有着奇异魅力的、充满野性的歌，萦绕在每个人心头。温妮用魔杖轻轻打着拍子，大家围着火焰般的光芒跳起舞来，直到再也跳不动了。

温妮再一次挥动魔杖:"阿布拉卡达布拉!"

温妮把她的发电机变成了一张舒适的按摩椅,供疲惫的人们休息。

"自从踩了发电机后,我的腿到现在还酸着呢。"温妮说着,和威尔伯坐上按摩椅。

村里的每一个人都参加了温妮的凤凰派对，所以，从某种程度上来说，温妮也算是帮助这个世界节约了能源。因为，来参加派对的人把家里的灯、电视和收音机等电器都关闭了。

"我很高兴，我至少为鸟儿们和其他动物尽了一点点力。"温妮还是觉得有一点点遗憾，"虽然，我再也没办法见到渡渡鸟了。"

136

温妮当保姆

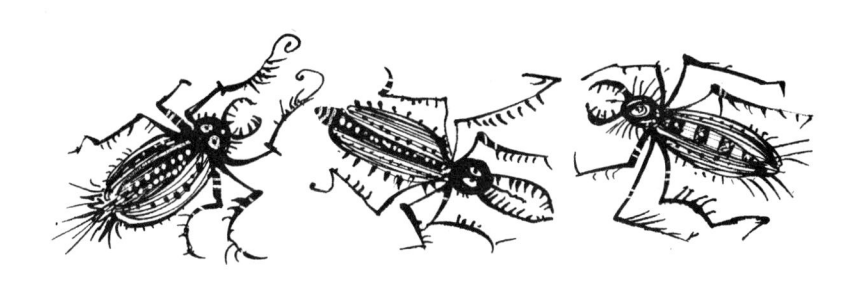

"今天天气真好啊,威尔伯。我们要干点儿什么好呢?"温妮靠在花园门上,一边用鞋尖在泥里划来划去,一边用魔杖戳着土鳖虫,"去野餐好不好?我们可以在臭沼泽里玩玩水,没事嗑嗑甲壳虫,喝点儿粉红泡泡汽水。我们甚至还能……"

"哇——哇——"路尽头传来一阵奇怪的声音。

"这声音好像你昨天的叫声啊,威尔伯。昨天我把你的尾巴当成毛毛蛇踩了的时候,你就是这样叫的。"

"哇——哇——"

威尔伯抬起爪子捂住了耳朵。

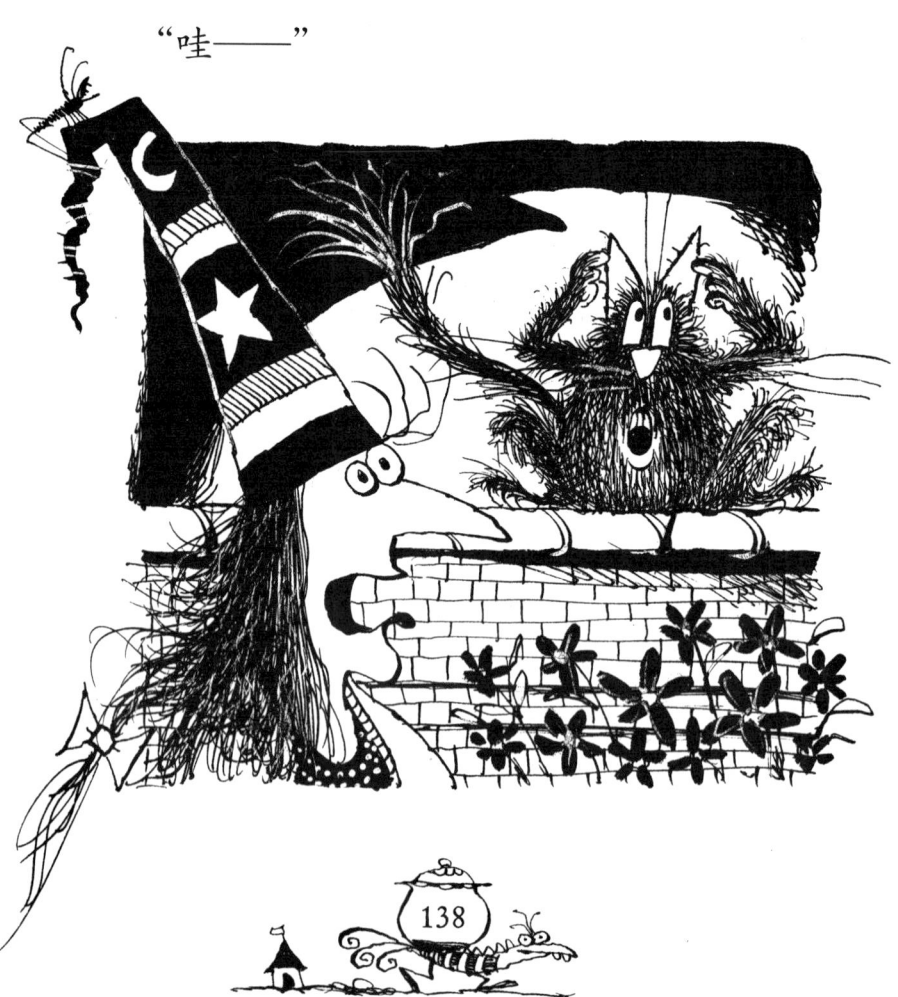

"哇——"

"真见鬼!声音越来越响了!"温妮说。接着,拐角处出现了一位女士,她正推着一辆婴儿车向温妮走来。

"你要给车轮加点儿油了。"温妮说。

"噢,这不是车轮的声音,这是我的宝宝在哭。"推车的女士回答道,"他一直哭个不停!"

"是吗?"温妮说着,低下头来打量这个坏脾气的宝宝。

"咕叽——咕!"温妮逗着他。

宝宝停止了他的号哭,盯着温妮的女巫脸,突然笑了。

"哔咕哔咕!"温妮继续逗着他,突然从嘴里喷出了一颗覆盆子。

宝宝被逗得咯咯笑出了声。

"我的天哪!"宝宝妈妈吃了一惊,"你居然把他逗笑了!噢,温妮,你简直是个逗宝宝的天才!"

"咕咕。"宝宝说话了。

"这是他现在唯一会说的话。"宝宝妈妈说,"他只会说咕咕和哇哇哭。唉,我都快累死了!"

"你为什么不去我的吊床上打个盹儿呢?"温妮说,"威尔伯和我会帮你看着宝宝的。"

"你们俩真是太好心了!"宝宝妈妈感激地说,"但是你们俩会照顾小宝宝吗?要喂他吃饭,还要帮他换尿布。"

"小菜一碟碟,挤爆小虫虫。"温妮说,"你什么都不用担心。"

于是宝宝妈妈高高兴兴地爬上了吊床。几乎是同时,幸福的鼾声就响了起来。

"我们应该和你玩什么呢?"温妮问宝宝,"我们去野餐怎么样?"

"咕咕!"宝宝回答。

温妮把腌辣椒和豆芽三明治扔进野餐篮子里,她又放进了一瓶粉红泡泡汽水和一袋卷心菜毛虫薯片。"这是我们俩吃的,威尔伯。现在为宝宝准备什么食物呢?肉虫?"温妮又往篮子里加了一罐婴儿用粉红蠕虫。

于是,他们出发去野餐了!

到了公园,温妮把宝宝从婴儿车里抱出来,让他坐在一张小毯子上。他们开始吃午餐,宝宝非常喜欢鲜美多汁的小蠕虫。

"咕咕!"

宝宝可喜欢威尔伯推他荡秋千啦!

"咕咕!"

温妮也很喜欢荡秋千。

摇啊摇!摇啊摇!

"哇!"温妮越荡越高,她的帽子飞走了。

145

"哇!"温妮又一次把自己荡得很高,"我要高得踢到云朵!我要试试云朵的弹性!"就在她飞脚去踢云朵时,鞋子竟然飞了出去,然后啪嗒——掉到了其他人的午餐上!

"咕咕!"宝宝又笑了。

"来,我们来玩跷跷板!"温妮一屁股坐在跷跷板的一端,把威尔伯弹到了空中。

"咕咕!"宝宝笑着笑着,突然哭了起来,"哇——"

"哦哦。"温妮轻轻拍着宝宝的头,"你怎么啦,小亲亲?"

"哇——"宝宝继续哭。

"你饿了吗？再吃一条蠕虫吧。"温妮哄道，"还是渴啦？来喝点儿汽水吧。"

嗝！"哇——"宝宝继续哭起来。

威尔伯捂着鼻子，对温妮指了指宝宝的屁股。

"他要换块新尿布，对吧？"温妮做了个鬼脸说，"可是我一块也没带。你觉得用落叶和苔藓来代替尿布，行不行？"

这真是个臭烘烘的工作！不过他们还是顺利完成了任务。

"哇——"可是宝宝还在继续哭。

"我们还能怎么办?"温妮问,"他是不是想睡觉啦?"她抱起宝宝。"我来唱首儿歌哄他睡吧。这首歌是我的温妮弗莱德姑婆唱给我听的,我小时候也是个爱哭的坏脾气宝宝呢。

"闭上你的眼睛,爱哭的宝宝。

闭上你的眼睛,爱哭的宝宝。

不要哭泣,快快睡吧。

闭上你的眼睛,爱哭的宝宝。"

"哇——"宝宝继续哭闹着。

"哎呀,没用。怎么办呢?"温妮问。

威尔伯用尾巴塞住了耳朵。

"可能宝宝觉得太无聊了。"温妮想着。

她挥舞起魔杖:"阿布拉卡达布拉!"

一只鸭子立刻从池塘里跳了出来，还有一只松鼠也从树上跃下，来到宝宝面前跳起舞来。

"哇——"宝宝继续哭。

"看在上帝的分儿上！"温妮说，"小家伙，我希望你能说话，告诉我们你究竟想做什么，不要只会哇哇哇地哭个不停！"

说着,温妮突然灵光一现,有了个好主意。

"阿布拉卡达布拉!"

宝宝的哭声停顿了一会儿。"呃……下午好!"宝宝说。听见宝宝说了第一句话,他们同时呆住了,包括宝宝自己。

"好!"温妮说,"不要再哭了,好吗?直接告诉我们,你想要怎样才会高兴!"

"嗯,从哪里开始说起呢?"宝宝用力地挥动着手臂,想要努力表达出来,谁知却绊了一跤,一时爬不起来了。"天哪,"他说,"我、呃……呜呜呜!我的意思是,我想坐起来。我还想和你们一样走路。"

"没问题。"温妮说,"阿布拉卡达布拉!"

153

宝宝马上站了起来，开始追赶鸭子和松鼠，去抓鸭子毛，拉松鼠尾巴，想吃了它们。

"抓住宝宝！"温妮说。但是宝宝跑得飞快，即使他那落叶和苔藓做的尿布已经垂到膝盖了，他也没慢下来。

"下午好！"宝宝朝着吃惊的路人叫道，一路飞奔，温妮和威尔伯只能推着婴儿车在后面狂追。

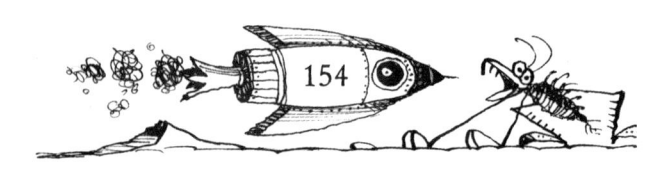

"我们必须把宝宝还给他妈妈!"温妮气喘吁吁地说,"快追,他在那儿!"

一直追到温妮的花园门口,他们终于抓住了宝宝。

"我不要被抱起来!"宝宝叫着,在温妮的臂弯里扭来扭去,"噢,看,我妈妈!"

温妮看到宝宝妈妈马上就要醒来了。"快，阿布拉卡达布拉！"她飞快地念完咒语。

宝宝立刻恢复了原样，他的脸上浮起了一个非常惊讶的表情。

"谢谢，亲爱的！"宝宝妈妈说，"太感谢你了，温妮！他是不是给你们惹了很多麻烦呀？"

"呃……"温妮支支吾吾的，说不出话来。

"你怎么样啊？"妈妈又问自己的宝宝。

"咯咯呜呜啵啵噗！"

"哦，你居然还教他说话了，温妮！"

然后妈妈和宝宝就幸福地回家了。

"威尔伯,"温妮说,"如果不用魔法的话,宝宝们什么时候能开口说话?"

"喵。"威尔伯耸了耸肩膀。

"好吧,希望这个宝宝在学会讲话之前,把今天的事情给忘了,可千万别告诉他妈妈!"温妮说。

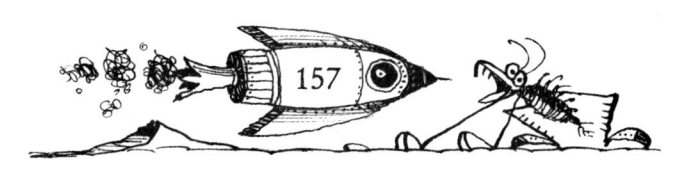

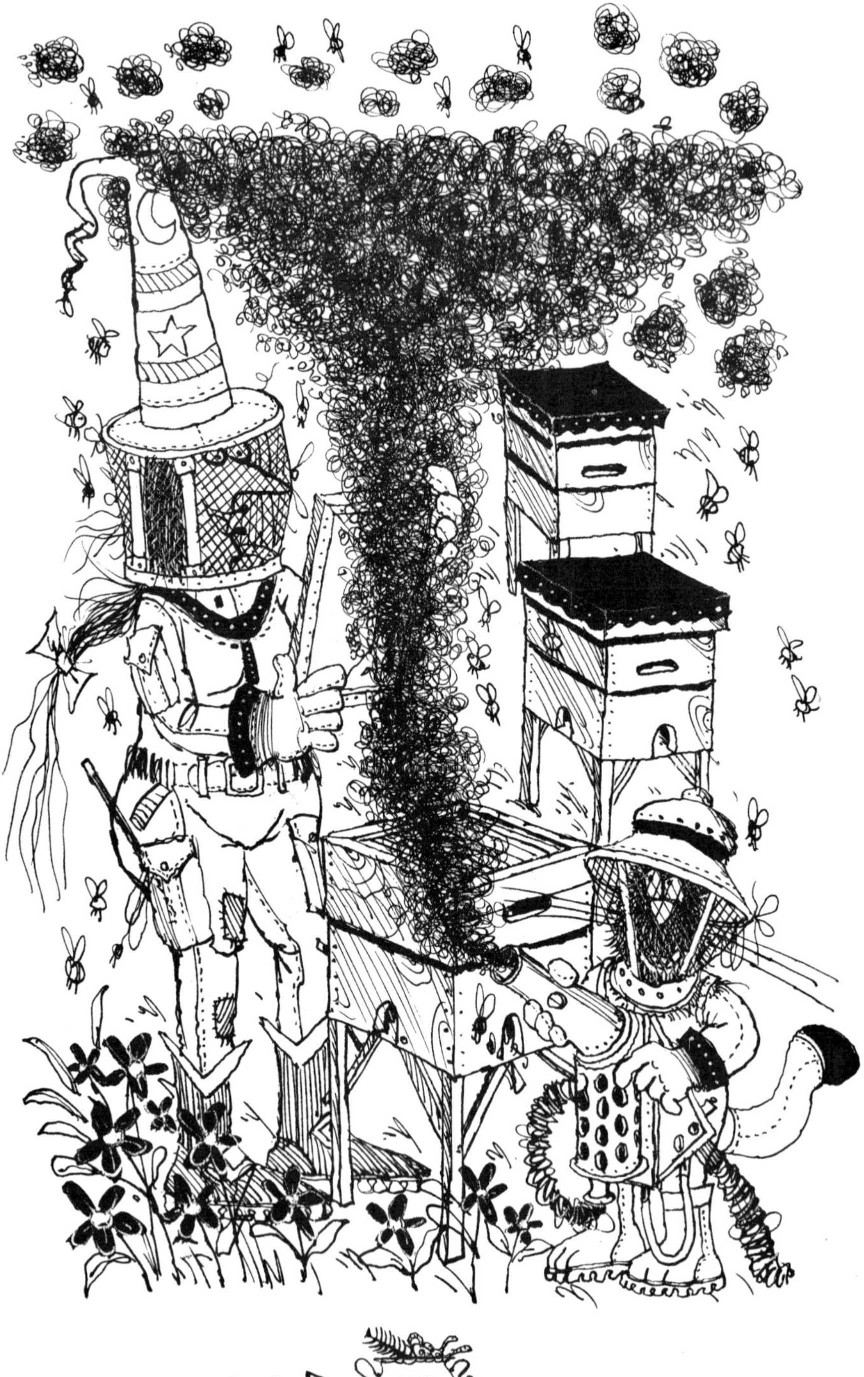

温妮
蜂蜜保卫战

温妮和威尔伯全副武装,头上戴着纱笼帽,手上戴着长长的手套,身上穿着工作服,脚上踩着长靴子。

嗡嗡嗡!蜜蜂群像一团乌云一样笼罩着温妮。噗噗噗!威尔伯手持的喷烟器不停地冒着黑烟,这种烟能催眠蜜蜂。

咳咳咳!嗡嗡嗡!温妮和威尔伯的咳嗽声里夹杂着蜜蜂的嗡嗡声。

"这是世界上最好的蜂蜜!"温妮说,"采

自我们自己的臭草喇叭花，没有任何罐装蜂蜜比得上！"

温妮拎起蜂巢架子，架子上滴下来的蜂蜜和别的蜂蜜都不一样。那是一种紫红色的、发出滋滋声的奇怪液体。

"啊，威尔伯，你有蜂蜜蟑螂压缩饼干吃了。蜂蜜涂在任何东西上，都很好吃。噢，我离开时忘记拿个罐子了，现在我只能用我的靴子来收集蜂蜜啦！"

嗡嗡嗡！嘀嘀嘀！

"嗯？"温妮很奇怪蜜蜂怎么会发出嘀嘀嘀的叫声。

"喵！"威尔伯指了指温妮的口袋。

"哦,原来是我手机铃声响了!"温妮说,"可是我的两只手都黏糊糊的,怎么接电话呢?"

嗡嗡嗡!嘀嘀嘀!

"等一下!"温妮试着去掏口袋里的手机,可是她手里的蜂巢架子还在往下淌蜜,周围还有嗡嗡乱叫的蜜蜂们。最后,她终于成功地把手机放到了耳朵边。"谁啊?"她问,"我在嗡嗡嗡。啊,不对,我在忙呢!"过了一

会儿,温妮继续说,"哦,是你啊,帕尔玛太太!你怎么听起来慌里慌张的?"又过了一会儿,"噢,我知道了,女士,好的。"又一会儿,"我有你要的东西,而且很新鲜。与其白白滴到我靴子里浪费了,不如把它吃了。别担心了,我会来的,帕尔玛太太,不会让孩子们没有蜂蜜茶喝的。"

"喵?"威尔伯问,温妮正忙着用沾满蜂蜜、黏糊糊的手把手机放回去。

"明天是学校的运动日,他们为下午茶准备了司康饼。可问题是,他们没有蜂蜜了。嗯,现在我要找一个大罐子。我的魔杖呢?"温妮说,"阿布拉卡达布拉!"

一个古希腊大罐子立刻出现了！上面装饰着人们奔跑、跳跃、对抗、投掷标枪和铁饼，以及摔跤的图案。

"噢，正适合运动日！"温妮说，"看，威尔伯！这画的是奥林匹克运动会，这是古时候的运动日。"

倒，舔，吸溜！嗡嗡嗡！

温妮和威尔伯把蜂蜜倒进罐子里。他们的手套和衣服上都沾满了蜂蜜。蜜蜂们嗡嗡嗡地叫着，控诉着偷蜜贼的罪行。

"快来！"温妮说。她一边朝学校跑，一边脱下衣服、帽子和手套。

温妮抱着罐子和威尔伯往学校操场跑。这时广播里传来声音:

"三年级的勺托蛋跑比赛要开始啦,请选手们到起点站好!"

"勺托蛋跑比赛开始了!"温妮停下了脚步,她没有意识到自己正站在操场中央。

"啊,终于找到你啦!"帕尔玛太太大叫着冲过来,"请把蜂蜜拿到下午茶帐篷去。"

"但这有点儿不太对吧?"温妮说,"奥林匹克运动会好像没有勺托蛋跑这个项目呀?"

"这不是奥林匹克运动会呀!"帕尔玛太太说着突然叫起来,"啊,我的天哪!这是怎么啦?"

嗡嗡嗡!

蜜蜂追上了温妮,她手里还有被偷走的蜂蜜。

嗡嗡嗡!

"快跑!"帕尔玛太太叫道。

温妮拔腿就跑,她在跑道上跑得飞快。

"哇!太棒了!加油,温妮!"孩子们兴奋得大嚷大叫。

"扔掉蜂蜜罐!"家长们大声嚷着。这其实是个好主意,可温妮没听。

嗡嗡嗡!

温妮跳过拔河的绳子。

嗡嗡嗡!

"扔掉蜂蜜罐!"

温妮还是没听,她跨过了手推车。

嗡嗡嗡!

"扔掉……"这根本没用。

温妮眼看着来到摆满奖杯的桌子前。蜜蜂离她越来越近了。这时,温妮亮出了她的魔杖——

"阿布拉卡达布拉!"

立刻,她的魔杖变得又长又有弹性。说时迟,那时快,啵嘤!温妮来了一个漂亮的撑竿跳,跳过了放奖杯的桌子和坐在桌子旁的校长。

嗡嗡嗡!

"放下那个罐子!"大人们高叫道。但是,哗啦!温妮跳进了游泳池。扑腾、扑腾、扑腾!温妮使劲往前游。

"加油!"小学生们给她鼓劲儿。

嗡嗡嗡!

这声音在温妮的耳朵旁越来越大,越来越大,她蹒跚着爬出游泳池,此时她已筋疲力尽,再也没力气跑了。

"扔掉那个罐子!"

这次温妮听了,她用尽全身力气,朝最远的地方扔出了罐子……其实,并不太远。哗啦一声,罐子碎了,变成了一堆沾着蜂蜜的碎陶瓷片!

"蜂蜜流光了!"温妮哀号道。

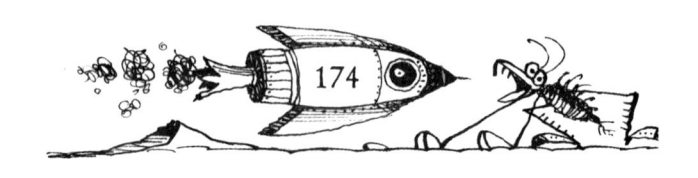

她挥舞着魔杖:"阿布拉卡达布拉!"

立刻,碎瓷片和一团团的蜂蜜开始旋转、变形,然后重新组合到了一起,恢复成了这个样子。

"谢天谢地。"温妮松了一口气。

"把罐子放在桌子上吧。"帕尔玛太太说,"到颁奖时间了,然后就是下午茶时间。"

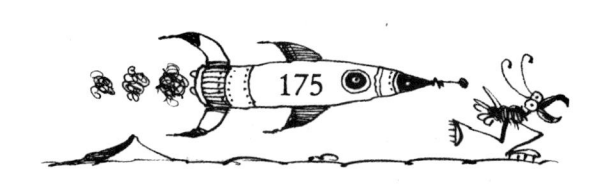

桌子上放满了奖杯和证书。"这是什么？"校长指着温妮的罐子问。

"我想这罐子上的图是描述古代奥林匹克运动会的。"帕尔玛太太说。

"这是谁的奖杯？"校长问。

"这是温妮的。"帕尔玛太太说，"她跑步、跳远、跨栏、撑竿跳、游泳，都比其他人快。"

"厉害了！"孩子们大叫道。

"在古时候的奥林匹克运动会上，"校长解释说，"他们给冠军戴上月桂枝叶做成的王冠。今天，他们改成给冠军颁发金牌了。"

"听起来很棒啊！"温妮说。威尔伯给她编了一顶臭莓喇叭花叶王冠，唯一金光闪闪的就是温妮手指上沾着的蜂蜜了。

177

喝茶时，大家聊起古时候的运动。

"把空盘子扔向田野。"温妮说，"看谁扔得最远，这就是我那只罐子上描绘的图像。"

很快，孩子们开始比赛。有的把纸杯蛋糕放在鼻子上跑步，有的带着买来的东西单脚跳，有的掷手提包，比赛形式多种多样。

"你知道奥林匹克运动会为什么流行了吧，威尔伯？"温妮对威尔伯说。她太累了，也喝了太多的茶，没有力气再去跑步、去掷东西了，但是她玩得很开心。

晚上，温妮把那个裂成一块块、又粘在一起的罐子放在她的床边。罐子图像上的运动员们还在绕着罐子跑步，温妮的眼睛都看花了，接着她的眼皮耷拉下来，她睡着了，开始

打起了呼噜!

她梦见了自己驾着一辆马车,拉车的是巨大的威尔伯,身后还有一群蜜蜂在追赶她。

呼呼,呼呼……

各位小巫师,欢迎来到女巫充电站。在经历了八场奇幻大冒险之后,相信你的电量已经消耗得差不多啦。在这里,你需要回答下面的八道小问题,都答对后,才能顺利开启下一段刺激的冒险之旅哟。开动你那聪明的小脑筋,开始答题吧。

1. 巨人杰瑞那巨大的衣服,最后晾在了哪里?

A. 洗衣机　　　　B. 晾衣绳　　　　C. 猛犸的骨架

2. 为什么在画像时,纸上的杰瑞看起来没有很高,而有些孩子反而比他还高?

A. 影子长短变化有规律

B. 杰瑞施了魔法

C. 温妮画错了

3. 温妮新买的魔杖,最后被她用来做了什么?

A. 施魔法　　　　B. 盘头发　　　　C. 对抗旧魔杖

4. 温妮前往参加万圣节派对，打扮成了什么？

A. 蝙蝠　　　B. 埃及木乃伊　　　C. 没有打扮，平常样子

5. 温妮计划的派对时间表，晚上7点看电影，名字是什么？

A.《来自星星的你》

B.《星星点灯》

C.《星星上的女巫》

6.《温妮的凤凰派对》里，哪种鸟已经灭绝？

A. 凤凰　　　B. 渡渡鸟　　　C. 鸵鸟

7. 温妮用了什么来给宝宝换尿布？

A. 落叶和苔藓　　　B. 丝巾　　　C. 什么都没换

8. 蜜蜂追着温妮时，温妮把魔杖变成了什么？

A. 海绵垫　　　B. 罐子　　　C. 长竿子

答案：1.C 2.A 3.B 4.C 5.C 6.B 7.A 8.C